路軌上的叮叮咚東

文：青協　圖：文盈

從生活開始　與小孩共讀共學

「叮叮」是香港市民對電車的暱稱，大家對電車司機按響鈴時發出警告的聲音都十分熟識。原來這全球現存唯一全數採用雙層的有軌電車，每天與我們刷身而過。小孩子對聲音尤其敏感，「叮叮」聲以外，他們對在電車內看到路旁的風光、跟父母在街上閒逛而聽到各種各樣的聲音，都感到新奇有趣。這本親子共讀繪本，正是透過主人翁於東區乘坐電車，介紹實用的擬聲詞，通過色彩豐富的圖畫啟發觀察力及創意，是父母與小孩一起享受共讀的好伙伴。

親子共讀的概念近年備受關注。家長與孩子一同閱讀，能夠增進親子關係，同時亦能提升幼兒的語言發展、認知及社交情緒技能，對其成長及發展有莫大裨益。香港青年協會青樂幼稚園、幼兒園過去數年致力推行繪本教學，亦將其納入課程，積極以多元教學方式，讓學生全面發展。過去曾出版《好傢伙．繪本閱讀之道》，協助家長提升小孩閱讀興趣。今年嘗試推出跟香港特色交通工具相關的繪本，希望藉者精美的圖畫及精簡的擬聲詞，刺激孩子的創造力和想像力。同時，為了方便家長及教師，本書特設「導讀小法寶」，解釋如何帶領小孩從文字、圖畫角度等享受閱讀，協助他們與小孩共讀，共學。

本書以香港民生及生活為主軸，以孩子的視角遊走港島區。家長不妨在忙碌的生活中停一停，與孩子一同輕鬆共讀，享受親子時間，為孩子的發展打好基礎，更藉著探索社區，從小建立關心社會的價值觀。

何永昌先生，MH

香港青年協會總幹事

二零二三年七月

導讀小法寶

香港青年協會青樂幼稚園／青樂幼兒園推行繪本教學多年，借助繪本豐富的故事題材、內容、具創意的想像、富美感的圖像，讓幼兒透過閱讀探索優美的文字，並理解其意義，有效提高閱讀能力。

我們期望家長能夠利用《路軌上的叮叮咚東》親子繪本，讓幼兒的閱讀連結生活經驗，深化幼兒的閱讀經驗，提升幼兒觀察和發現的能力。書中主角一家四口一同登上電車，遊歷香港，認識歷史、文化與情懷。通過書上豐富的聲音意像，以及不同的繪畫視角，家長或老師可透過以下導讀指引和互動問題，與幼兒一同探索書中的人和事。

環境中文字

在生活中學習，是幼兒教育的重要理念。每當幼兒走在街頭上，總會發掘出不同的有趣事物。本書呈現了地面上的文字、招牌的文字及關於電車的文字，大家與幼兒反覆閱讀繪本時，可以一起找找書中的文字呢。

視覺學習

幼兒常透過五感學習，常用眼睛觀察不同的事物，利用觀察獲得新的知識繼續探索世界。書中的頁畫呈現多樣的視角，例如仰視、俯視、水平線直視，或以放射線形式，呈現香港特色建築，並且加入乘坐在電車裡面的角度，好像用幼兒的小眼睛看萬千世界。大家可讓幼兒從不同的角度觀察事物，拓展看事物的闊度，從而精進幼兒觀察的深度。

擬聲詞學習

城市裡存在很多不同的聲音。幼兒從聽覺了解事物的特徵。書中利用擬聲詞增加閱讀繪本的語感，例如「嘟、嘟」是拍八達通的聲音、「咔嚓」是電車經過接駁位的聲音及「登登登登」是乘客由上層落下層的聲音等。同時，本書運用簡單的句子，以重覆性的原則編寫，使幼兒能夠朗朗上口，提升幼兒的語感。

另外，家長可以透過**「三層次的提問」**，擴闊幼兒的閱讀體驗：

第一層次問題 （以了解繪本內容的提問）

- 故事中的主角搭電車去了甚麼地方呢？
- 慶祝譚公誕活動時，他們聽到甚麼聲音呢？
- 他們在太安樓商場看到 / 吃了甚麼地道小食呢？
- 他們搭電車時出現過甚麼特別的招牌嗎？

第二層次問題 （以啟發個人想法、觀點為目的提問）

- 如果你是故事中的角色，你在太安樓商場會吃甚麼呢？
- 如果你是故事中的角色，你會帶誰一起搭電車呢？
- 如果你是故事中的角色，你會搭電車去哪裡呢？

第三層次問題 （根據主題所傳達的觀念，從日常生活中舉出類似的情境與事件）

- 你有去過書中出現的地方嗎？你最喜歡那個地點呢？為甚麼？
- 你有試過搭電車嗎？喜歡嗎？為甚麼？
- 除了書中出現的招牌外，你在哪裡發現到特別的招牌和文字呢？
- 你現在聽到甚麼聲音？
- 你平時聽到身邊有甚麼聲音？請模仿一下。

「喀嚓！喀嚓！」
87
跑馬地
HAPPY VALLEY
52
「出發了！」

「嘟嘟！嘟嘟！」「上車了！」

「咚鏘！」
「咚鏘！」
譚公

「咚 鏘鏘！」

「咚 咚咚咚咚，嘻！」

美
茶

「登登登！

肚餓的乘客到站了！」

太安樓牛雜
媽咪雞蛋仔
魚蛋佬
「吧唧吧唧！」
「咕嚕咕嚕！」
「肚餓的乘客吃飽了嗎？」

Bubble COW
好好車仔
Milk

99

「咕嘟。好味好味。啊！」

「叮！叮！」
32
32
32

「叮！叮！」

「嘰嘰喳喳！」

水果王
水果王
水果
「十蚊一份
蘋果！」

「購物的乘客，上落車要小心啊！」

18
18
18
嘉

「格格！格格！」

「旁觀的乘客要在皇都戲院下車嗎？」

99

「吱吱喳喳！」

「天空的乘客，車頂有甚麼看呀？」

押
金寶

新光戲院
停

香港青年協會 (hkfyg.org.hk | m21.hk)

香港青年協會（簡稱青協）於1960年成立，是香港最具規模的青年服務機構。隨著社會瞬息萬變，青年所面對的機遇和挑戰時有不同，而青協一直不離不棄，關愛青年並陪伴他們一同成長。本著以青年為本的精神，我們透過專業服務和多元化活動，培育年青一代發揮潛能，為社會貢獻所長。至今每年使用我們服務的人次接近600萬。在社會各界支持下，我們全港設有90多個服務單位，全面支援青年人的需要，並提供學習、交流和發揮創意的平台。此外，青協登記會員人數已達50萬；而為推動青年發揮互助精神、實踐公民責任的青年義工網絡，亦有超過25萬登記義工。在**「青協 · 有您需要」**的信念下，我們致力拓展12項核心服務，全面回應青年的需要，並為他們提供適切服務，包括：青年空間、M21媒體服務、就業支援、邊青服務、輔導服務、家長服務、領袖培訓、義工服務、教育服務、創意交流、文康體藝及研究出版。

青協網上捐款平台

e-Giving

Giving.hkfyg.org.hk